2 엉덩이를 지워라!

제스 브래들리 글 · 그림

영국 출신의 삽화가이자 캐릭터 디자이너입니다.

제스 브래들리는 80년 이상의 역사를 가진 세계적인 어린이 만화 잡지에 글과 그림을 실었으며,

2021년에는 작품 『이것저것들의 하루』가 영국 BBC 블루피터 북 논픽션 수상작으로 선정되었습니다.

그린 책으로 『이것저것들의 하루: 똥, 말미잘 그리고 화산의 하루』, 『이것저것들의 하루 2: 바퀴, 파라오 그리고 매머드의 하루』,

『하루에 한 장 상상력 만화 그리기 노트』, 쓰고 그린 책으로 『슈퍼 드윕 1: 마법 연필을 지켜라!』 등이 있습니다.

김민영 옮김

아이들에게 영어를 가르치는 매일이, 그림책을 통해 내 소중한 아이와 함께 자랄 수 있었던 매일이 즐거웠습니다.

지금은 좋은 책들을 만나 우리말로 옮기며 매일을 즐겁게 살고 있습니다.

옮긴 책으로 『슈퍼 드윕 1: 마법 연필을 지켜라!』가 있습니다.

Super Dweeb versus Dr. Eraser-Butt

by Jess Bradley

Copyright © Arcturus Holdings Limited

www.arcturuspublishing.com

All rights reserved.

Korean translation copyright © 2022 Girin Media

Korean translation rights are arranged with Arcturus Publishing Limited through AMO Agency.

슈퍼 드윕 ② 엉덩이를 지워라!

초판 1쇄 발행 2022년 9월 25일

글 · 그림 제스 브래들리 | **옮김** 김민영

펴낸이 홍성우 | **책임 편집** 스튜디오 플롯 | **디자인** 꽁디자인

펴낸곳 기린미디어 | **등록** 2016년 4월 26일 제 409-2016-000009호

제조국 대한민국 | **주소** 경기도 김포시 모담공원로 17 | **사용연령** 8세 이상

전화 0505-302-2381 | **팩스** 0505-300-2381 | **전자우편** girinmedia@daum.net

ISBN 979-11-92340-26-5 74840

　　　　979-11-92340-04-3 74840(세트)

※ 책값은 뒤표지에 표시되어 있습니다.

※ 파본이나 잘못된 책은 구입하신 곳에서 바꿔드립니다.

※ 종이에 베이거나 긁히지 않도록 조심하세요. 책 모서리가 날카로우니 던지거나 떨어뜨리지 마세요.

~~전설적인 영웅 이야기 :~~
~~희망찬 새벽~~

~~천재~~
~~영웅의 전설~~

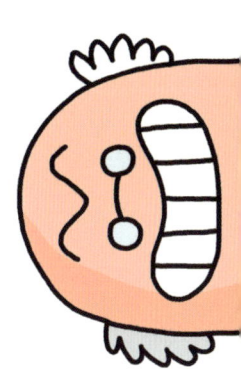

②엉덩이를 지워라!

제스 브래들리 글·그림
김민영 옮김

그래서 진짜
'슈퍼 드웝'이라고
부를 거야?
더 근사한 이름 없어?

음, 그럼 슈퍼
엉덩이는 어때?

절대
싫어!

기린미디어

안 돼!
그거 네 장난감 아니야!

차례

등장인물

앤디 조금 어설퍼 보이지만, 비밀 슈퍼 히어로!

멋짐 점수: **멋진 걸로는 최고!**

모나 앤디의 가장 친한 친구이자 천재 과학자.

멋짐 점수: **10점 만점에 11점!**

오스카 앤디의 성가신 남동생.

멋짐 점수: **별로?**

못된 마이크 앤디가 다니는 학교의 악당.

멋짐 점수: **멋짐이라고는 찾아볼 수 없음.**

마법 연필 그림을 살아 움직이게 하는 방사능 연필.

멋짐 점수: **측정 불가능.**

슈퍼 드웝의 지난 이야기

아래의 줄거리를 아주 실감 나는 목소리로 읽어 줘!

반 아이들에게 겁쟁이라고 불리는
한 소년이 있었어.

> 야, 겁쟁이!

그러던 어느 날,
소년은 슈퍼 히어로가 되었어.
소년의 연필이 방사능에 오염되어
마법 연필로 바뀌면서부터 말이야.

> 그래, 바로 이거야!
> 신비한 힘이 느껴져!

이 연필로 그림을 그리면
그림이 살아 움직였지.

> 뽕!

그런데 마법 연필이
동생 오스카의 손에 들어가게 됐고….

> 내 거야!

> 내놔!

오스카가 무시무시하고 끔찍한
낙서 괴물을 만들어 냈어.

하지만 천재 소녀 모나가
괴물을 물리치도록 도왔고,

여름 내내 해킹 캠프에서 공부한
보람이 있네!

슈퍼 드윕은 무사히 마을을
구할 수 있었단다.

나 좀 멋진데?

그런데….
괴물은 정말 영원히 사라진 걸까?
또 이 평화가 언제까지
지속될 수 있을까?
그리고 노르웨이의 수도는 어디일까?

궁금하면 뒷장으로!

흥미진진한 이야기가 계속되니까
꼭 끝까지 읽어 봐.

*오슬로가 수도란다.

I. 슈퍼 히어로의 바쁜 하루

안녕? 난 **앤디**야.
방금 막 **엄청난 아이디어**가
떠오른 표정이지?

다들 나를 심각한 **괴짜**라고 놀리지만,
내 둘도 없는 친구 모나가 그랬어.
괴짜는 아주 <u>멋진</u> 거라고.

나에 대한 특징을 여기 적어 볼게!

- **만화** 그리는 걸 좋아해.
- 넥타이를 꼭 매지. 맞아, **멋져 보이려고** 그러는 거야.
- **감마 가이즈** 캐릭터 카드를 거의 다 갖고 있어.
  얼마 전에 문어 캐릭터 카드를 잃어버렸는데
  혹시 남는 거 있으면 하나 줄 수 있어?

아, 그리고 이건 **비밀인데**
난 **슈퍼 히어로**야.
짠! 이건 <u>**히어로 슈트**</u>를 입은 내 모습!

히어로가 된 이후로 나는 너무 바빠졌어.

나쁜 놈들
물리치기!

흥미진진한
만화
그리기!

숙제는 절대
깜빡하면 안 돼!

오스카 감시하기!

집안일하기!

팬들과 놀아 주기!

친구와
우정 쌓기!

어른들에게 비밀을
들키지 않도록 늘
조심하기!

9

이렇게 중요하고 많은 일들을 처리하려니 몸이 열 개라도 부족할 지경이야.
그런데 다행히 좋은 생각이 떠올랐어. 바로 사건을 해결하러 가기 전에
내 모습을 그려 놓는 거지.

마법 연필로 그린 건
모두 살아 움직이거든!

보통 그림은 10분 이내에 사라지지만,
가짜 앤디에게 연필을 먹이면 더 오래 살아 움직이지.

심지어 내 숙제까지 해 준다니까?

물론 부모님을 속이는 게 맘에 걸리지만,
이게 다 지구의 평화를 위해서야.
지금까지 난 모든 임무를 **완벽하게** 해냈어.
그런데 조금 곤란한 일이 생겼어.
엄마, 아빠가….

앤디!

내 **성적표**를 찾아낸 거야.

이 형편없는
성적은 뭐야?

아빠는 절대 화 안 났어!
조금 실망스러울 뿐이지.

엄마는 화도 나고
실망스러워!

절대 화내는
거 아니야.
배고파서 예민한
거야!

휴….

솔직히 그렇게 엉망은 아닌 거 같은데요?

무슨 말이라도 해 봐!

앤디의 성적표

영어: 끔찍하군요!

수학: 도대체 무슨 일이죠?

과학: 제가 다 부끄러운 점수네요.

그 외 과목: 혹시 앤디랑 똑같이 생긴 복제 인간이 대신 시험을 본 건 아닐까요? 매우 실망입니다!

확인: 스퀴브(앤디의 담임 선생님).

이럴 수가! 가짜 앤디에게 맡기지 말걸.

어떡하지?

다시 성적이 오르기 전까지 만화책이랑 게임은 절대 금지야!

하지만 아빠의 말보다 더 끔찍한 말이 엄마의 입에서 튀어나왔어.

"다음 시험에서 80점 이상 못 받으면 당분간 외출 금지야!"

"안 돼! 외출 금지는 취소해 주세요. 제가 할 일이 얼마나 많…"

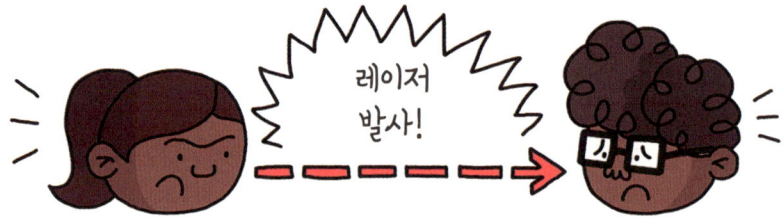

레이저 발사!

"고, 공부할 게 많다고요!" 나는 한숨을 쉬며 방으로 올라갔어.

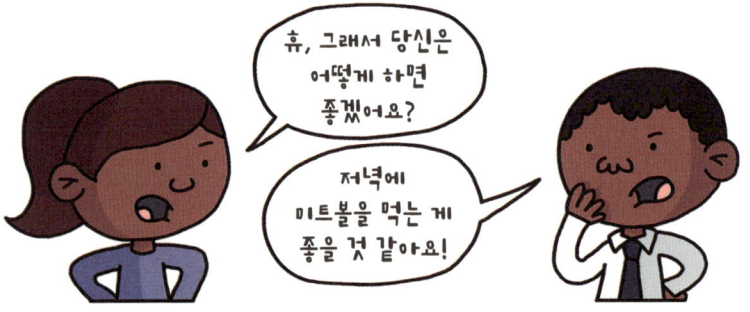

휴, 그래서 당신은 어떻게 하면 좋겠어요?

저녁에 미트볼을 먹는 게 좋을 것 같아요!

진짜 최악이야!

네 성적도 진짜 최악이야!

모나! 너 이어폰으로 다 듣고 있었어?

네 매너가 더 최악이야!

미안, 방금 한 말 취소할게. 나 이제 어떡하면 좋을까?

당분간 다른 일은 접어 두고 공부하는 데에만 집중해.

그러다가 악당이라도 나타나면 어떡해?

하룻밤 정도는 쉬어도 돼. 그리고 악당이라고 해 봤자 다 시시하잖아?

다른 방법이

휴,
공부나 하자.

없잖아?

쳇, 그런데 내가 상대하는 악당들이 다 시시하다고?

흥!

2. 수상한 스파이 집단

한편 S.S.C.R.A.M.에서는?

바텀 박사님, 슈퍼 드윕에 대한 보고서 빨리 주세요! 급하게 필요하다고 분명 말했을 텐데요!

미안해요. 오늘 점심 메뉴가 타코라 식당에 가는 데 정신이 팔려 있었어요.

잠깐만, 이 사람들은 누구냐고? 등장인물 소개에 없었지?
지금 알려 줄게!

레지나 스톰 요원

S.S.C.R.A.M.의 최고 요원.
맡은 일을 끝내기 전까지 절대 멈추지
않는다. 그 누구도 레지나의 적수가
될 수 없다.

특징: 믿기지 않는 뛰어난 조준 실력,
매우 똑똑하다, 잔꾀를 잘 부린다,
세계 체스 대회 1위.

키: 크다.
눈빛: 매섭다.
머리숱: 많다.
특수 능력 레벨: 10.

아이코,
이 사람은
진짜 무서워
보이는데?

흠,
전혀 무섭지
않은걸?

어니스트 사이드바텀 박사

타코와 독서, 과학 실험을 즐기는
뛰어난 과학자.
S.S.C.R.A.M.에서 어떤 일을 하는지
확실하지 않다.

특징: 과학에 관한 것, 요리,
주사위 게임, 장식용 달걀 모으기 등을
좋아한다.

키: 작다.
눈빛: 겁에 질려 있다.
머리숱: 거의 없다.
특수 능력 레벨: 4.

아무것도 모르는 꼬맹이에게 그 엄청난 연필이 있다고요?

그래도 그 아이가 그림을 꽤 잘 그리더라고요!

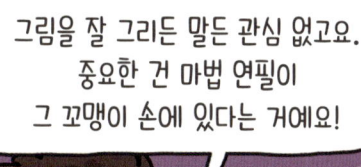

그림을 잘 그리든 말든 관심 없고요. 중요한 건 마법 연필이 그 꼬맹이 손에 있다는 거예요!

그리고 타코는 어제 점심에도 드셨잖아요!

하지만 매일 먹어도 맛있는걸요….

박사님은 S.S.C.R.A.M.의 요원이라고요! 제발 요원답게 행동하세요!

이제 보고서를 작성하는 대신 발로 뛸 차례예요! 얼른 차에 타요!

지금 당장 슈퍼 드윕을 찾아가 마법 연필 성분을 채취하자고요!

부릉부릉!

한편, 슈퍼 드윕은?

멈춰!

킥킥, 싫은데?

저 애는 마법 연필의
특별한 능력을 토끼나
그리는 데 쓰네요.
근데, 저 토끼
너무 귀여운걸요?
적을 정신없게
만들고요!
뿅!
연필로 괴물을
지울 수 있다면 괴물을 물리치는
것도 식은 죽 먹기일 텐데.
흠, 과연 연필에
그 정도로 대단한
힘까지 있을까요?
궁금하네요.
그걸 알아내야
우리 계획대로 일이
진행된다고요!
엄청나게
무시무시한 주문!
네?
우리 계획이 뭔데요?
휴,
또 까먹었어요?
일급비밀!
절대로
읽지 마시오.

마법 연필 성분
채취 작전

1. 마법 연필 성분을 채취한다.

2. 성분을 분석하여 더 많은 연필을 만들어 낸다.

3. 세계를 지키는 인공 지능 로봇 부대를 만든다.
   더 이상의 범죄는 없다!

우리에게 불가능이란 없다!

근데, 이 그림은 뭐죠?

아, 그건
제가 디자인한
인공 지능 로봇이에요.

하하, 조금 이상하죠?
제가 그림과는 거리가 먼 사람이라.

어휴.

S.S.C.R.A.M.은 말이죠….

S – Secret 시크릿
S – Science 사이언스
C – Computer 컴퓨터
R – Robot 로봇
A – Apple 애플
M – Mouse 마우스

S – Secret 시크릿
S – Spy 스파이
C – Crazy 크레이지
R – Robot 로봇
A – And 앤드
M – Monkey 멍키

아니, 아니다! 잠깐만요, 그게….
시크릿, 시스템…. 음, 뭐더라?

그다음이
뭐였죠?

지금 이게 중요한 게 아니잖아요!
우리 할 일 많다고요!

알겠으니까
화내지 마요.

변장술은 잘 훈련해 뒀죠?

아마도요?

그럼 이제 알맞은 때를 기다리면 되겠군요.

한편, 슈퍼 드웝은

킥킥!
넌 날 절대 이길 수 없어!
난 쌍도끼도롱뇽이거든!

처음 들어 보는데?

킥킥,
아주 무시무시한
도롱뇽이지.

봐, 이 도끼 진짜 무시무시하지?

앤디와 괴물의 대화를 듣고 있던 모나

역시 네가 상대하는 악당들은 시시해.

야!

하지만 사실인걸?

뭐 하는 거야? 나한테 집중하라고!

근데 쌍도끼도롱뇽이라면서 왜 도끼가 하나뿐이야?

어? 그러고 보니 조금 이상하네. 왜 하나밖에 없지?

끄적끄적!

정신 쏙 빼놓기 10단계!

로봇 벌의 기습 공격!

3. 슈퍼 드윕 팬클럽

잠시 후

슈퍼 드윕, 정말 고마워요!
덕분에 **골칫덩이**를 해결했어요!

역시 너무 시시해. 낙서 괴물 말고는
제대로 된 악당과 싸워 본 적이 없잖아.

잠깐, 모나! 난 꽤 거친 녀석들과
싸웠다고. 아마 네가 시시하다고
느끼는 건 내가 너무 강해서일 거야.

푭, 착각도
자유지.

와! 사랑해요, 슈퍼 드윕!

모두 사인해 줄 테니
순서를 지켜요!

끙!

저 진짜 팬이에요!

알다시피
얜 못된
마이크!

자, 사인 여기 있어요.

우아!

낮고 굵은
목소리.

하마터면 들킬 뻔했어!

어쨌든, 시시한 악당들과 싸우는 건 맞잖아!

모나! 기억 안 나?

슈퍼 드웝이 그동안 싸운 (시시하지 않은) 악당들:

메이비 박사

너에게 난 끔찍한 악몽이었지!

초능력: 예측 불가능하다.
약점: 우유부단하다.

미끌이

미끌미끌 공격!

초능력: 미끄러워서 잡기 어렵다.
약점: 배수구로 쉽게 흘러내린다.

풍선 조련사

빵빵한 내 풍선 부하들이 널 해치울 거야!

초능력: 풍선으로 뭐든 만들어 낸다.
약점: 바람이 살짝만 불어도 날아간다.

파이 사냥꾼

내 파이 헬멧 좀 그만 쪼아 먹을래?

초능력: 밀가루 반죽 전투복이 있다.
약점: 새들이 그걸 맛있어한다.

까만 고양이

초능력: 귀여움으로 사람을 홀린다.
약점: 그냥 평범한 고양이 같기도 하다.

어때?

끝내주게 시시하네.

앗! 연필 성분을 채취할 좋은 방법이 떠올랐어요!

홀로그램 변장 기술을 쓰려고요?

뒤적뒤적!

그건 아니고….

팬으로 변장해서 슈퍼 드윕에게 사인을 받는 거예요.

정말 그 허술한 변장술이 통할 것 같아요?

슈퍼 드윕을 만나다니
믿기지 않아요!

하하,
고마워요.

마이크가 나라는 걸
눈치챘을까?

풉, 걱정하지 마.
걔 그렇게
똑똑하지 않아.

지금이 기회야!

슈퍼 드윕에게 사인받다니!
모나랑 앤디, 그 멍청이들이 얼마나
부러워할까?

나는 맹세코
당신을
몰라요.
-슈퍼 드윕

이제 빨리 집에 가서 공부해!
내일 시험 보는 거 잊었어?

사인 한 장만 더 하고.

사인 좀 해 주세요!

마지막 분이니 더 멋지게 해 드릴게요.

하지만 집으로 돌아가는 길에….

"슈퍼 드윕의 매니저가
슈퍼 드윕 팬클럽 물건을 판매합니다!"

슈퍼 드윕 인형!
마법 연필 모형!

안 돼! 이러다가 오스카 때문에 비밀을 들키겠어!
오스카가 내 동생이라는 걸 누군가가 알게 되면
내 정체도 곧 탄로 나겠지.

난 허겁지겁 오스카에게 달려갔어.
잔뜩 화가 난 상태로 말이야.

"오스카!"

쿵!

"도대체 뭐 하는 거야?"
내가 물었어.

"내가 형의 매니저가 된 거지!
팬들이 슈퍼 드윕 팬클럽 상품을 갖고 싶어 해서
내가 직접 만들었어!"

난 머리끝까지 차오른 화를 꾹 참았어.
그러고는 오스카를 골목으로 데려갔지.

"이리 와, 빨리!"

잠깐만, 내 카트!

사람들이 내 매니저가 너라는 걸 알게 되면 내 정체도 곧 탄로 날 거라고!

그, 그럼 매니저 대신 조수는 어때?

슈퍼 드윕의 조수, 크레용 병정!

마찬가지야!

그 옷 벗고 얼른 집에 가!

형, 미워!

꿍얼꿍얼!

어휴!

앤디, 이제 공부 좀 해! 내가 시험 준비 도와줄게.

으악! 모나가 또 다 들었어!

알겠어. 이제 현실로 돌아갈 시간이야!

4. 엉덩지우개 박사의 탄생

한편 S.S.C.R.A.M.에서는….

비밀 연구소
접근 금지!

정말 흥미롭군요!

우적우적!

분석하는 데 얼마나
걸릴까요?

콩콩!

글쎄요? 배양 접시에 올려 두고
적어도 하루 동안은 지켜봐야죠.

배양 접시

그나저나, 너무 지저분한 거 아니에요?
좀 치우면서 일하세요!

우끼끼!

휙!

와, 나이스 샷!

열심히 훈련한 덕분에
적중률도 뛰어나죠!

그나저나, 이 원숭이는 뭐예요?

제 조수 콧물이에요.
감기를 연구하는 실험실에서 일했었대요.

훌쩍!

콧물이에게 일한 만큼 간식을 줘요.
다른 건 좀 서투르지만, 서류 정리 하나는
정말 잘해요.

어쨌거나, 한시가 급하니까 빨리 분석을 끝내요! 24시간 안에 말이에요!

네, 알겠어요.

끽끽!

자, 그럼 분석을 시작해 볼까?
콧물아, 배양 접시 두 개 줘.

우끼끼!

잘했어!

여기, 간식이다!

잠시 후

휴, 다 됐다!
내일 아침에 어떤
결과가 나올지
기다려 보자고!

킥킥!

♪ 어떤 일이 생길까?

그날 밤

드르렁!

간식 줘!

꼴깍!

과자

콩콩!

훌쩍!

에취!

퐁당!

무슨 일이지?
뭔가 자라고 있어.

33

후, 실험실이 조금 더운걸?
좀 어지러운 것 같기도 하고….
물 좀 마셔야겠어.
비틀비틀!
고맙구나, 콧물아.
우끼끼!
헉! 콧물이의 콧물에 있던 바이러스가 연필 분자와 섞여 이상한 물질이 되었어.
그리고 그 물질이 바텀 박사의 뇌로 스며들고 있어!
바텀 박사의 뇌 구조
타코
재즈
멜로 드라마
고양이 동영상
논리적 사고
건강에 좋은 차
악한 기운
악한 기운
악한 기운
악한 기운
악한 기운
악한 기운
악한 기운

어어? 뭔가 변화가 시작되는데?

악한 기운 95퍼센트

칵!

우끼끼!

으악! 괴상한 돌연변이다!

흐흐, 난 더 이상 바텀 박사가 아니야!

엉덩지우개 박사다!

악한 기운 100퍼센트!

우끼끼!

5. 엉덩지우개 박사와의 만남

앤디네 집

앤디,
이리 와!

개구멍이 있다면 숨고 싶을 정도로 난감한 일이 생기고 말았어.

"오늘부터 과외 선생님이 널 가르칠 거야.
선생님이랑 도서관에 가서 공부하고 바로 집에 와!"
엄마가 말했어.

멍멍! 개구멍?

"필요 없어요!"
하지만 엄마의 살벌한 눈빛에 더는 싫다고 말 못 했지.
"그런데 과외 선생님은 누구예요?"
내가 물었어.

나야!

으악!

"낙서하면서 공부하는 척하는 걸 내가 모를 줄 알았니?

앞으로 모나가 네 공부를 도와줄 거야."

"제 <u>작품</u>을 낙서라고 하신 거예요?"

우주 오랑우탄 vs 외계 문어

만화책 여섯 권

+ 특별 부록 세 권

+ 부록 두 권

⭐ ⭐ ⭐

살짝 부드러워진 눈빛!

"시험만 잘 보면 외출 금지는 없던 일로 할게!"

이제 도서관으로 가!
오스카도 데려가고!

오스카는 왜요!

도서관 가는 길

룰루랄라!

나랑 공부하면 적어도
90점은 받을 테니까
걱정하지 마!

악당이 나타나면
어떡하지?

악당이 나타나길 바라는 건
아니지? 그리고 어차피 시시한
악당일 텐데 무슨 걱정이야?

야!

조수가 필요하다면 말해.
도와줄 테니까.

그럴 일 절대 없을 거야!

첫!

우선 도서관으로 가서….

통!

무슨 소리지?

통통!

저, 저게 뭐야!

앗!
경찰차가!

쓱쓱!

하하! 아무도
날 못 막아!

통통!

모나, 이래도 내가 상대하는
악당들이 시시해?

그래, 내가 틀렸어.
그러니까 빨리
출동해!

크레용 병정도 같이 출동할래!

안 돼,
오스카!

슈퍼 드웝으로 변신!

엉뚱한 엉덩이가
마을을 엉망으로
만들기 전에
나서야겠어!

오, 라임 좋은데?

고마워!

좋아, 이 문제는 내가 해결하겠어!

내가
도와준다니까?

자, 오스카! 넌 나를 도와줄래?

바로 그때

맙소사! 바텀 박사님, 이게 무슨 짓이에요?

우끼끼!

저기 봐!

맞아, 짜증 나는 녀석이 또 있었지? 지워 버려야겠군.

항복해! 너 하나 처리하는 건 일도 아니야!

레이저 충격기!

추격용 드론!

그런 걸로 내 치명적인 엉덩이를 이길 수 있을 것 같아? 하하!

헉!

지워짐!

이것도 지워짐!

이거 놔!

통통!

??

슈퍼 드윕, 무슨 일이야?

엉덩이 괴물이 수상한 사람이랑 원숭이를 납치했어!

그리고

내가 그린 걸 다 지워 버렸어!

상황이 심각하네!

빨리 다른 대책을 세우자. 이러다간 마을 전체를 다 지워 버릴 거야!

6. 크레용 병정의 사건 파헤치기

어?
이게 뭐지?

사이드바텀 박사
뛰어난 천재 과학자
S.S.C.R.A.M.

엉덩이 괴물이
떨어트린 것 같은데?

"명함 같은데? 좋아! 단서가 생겼어!
칠칠치 않게 흘리고 다니는 걸 보니 철저한 편은 아닌가 봐." 모나가 말했어.

"그럼 이제 어떡하지?"

"S.S.C.R.A.M.이 뭔지 검색해 봐야지."

얼른 비밀 본부로 가 보자!

공부부터 끝내고.

외출 금지당하면 악당이랑
싸우는 것도 끝이니까.

진짜 너무해.

앤디, 내 말 들려?

응, 잘 들려!

이어폰으로 대화 중.

누나, 나도 있어!

휴, 오스카도 있어.

S.S.C.R.A.M.에 대해 몇 가지 알아냈어. 과학 연구소라는데 내 생각에는 뭔가 더 있는 것 같아.

형, 나도 명함 볼래!

응, 여기. 그런데 연구소에 뭔가가 숨겨져 있는 것 같다고?

흠, 웹 사이트를 해킹해 봐야겠는데? 일급비밀이 숨겨져 있을지도 몰라.

해커 모드로 변환!

해킹할 수 있겠어?

당연하지! 잠깐만 기다려 봐.

잠깐, 내가 해킹하면 안 될까? 재밌을 것 같은데.

절대 안 돼!

히히! 바로 ······ 지금이야!

내가 괜찮은 조수라는 걸 형한테 꼭 보여 줄 거야! 나한테도 계획이 있다고!

변신!

크레용 병정!

내가 형보다 먼저 악당을 찾을 거야! 형이 엄청 자랑스러워하겠지?

잠시 후

해킹 성공! 역시 난 대단하다니까?

접근이 허용되었습니다!

그런데 S.S.C…? 무슨 뜻일까?

잠깐! 지금 그게 중요한 게 아니야!

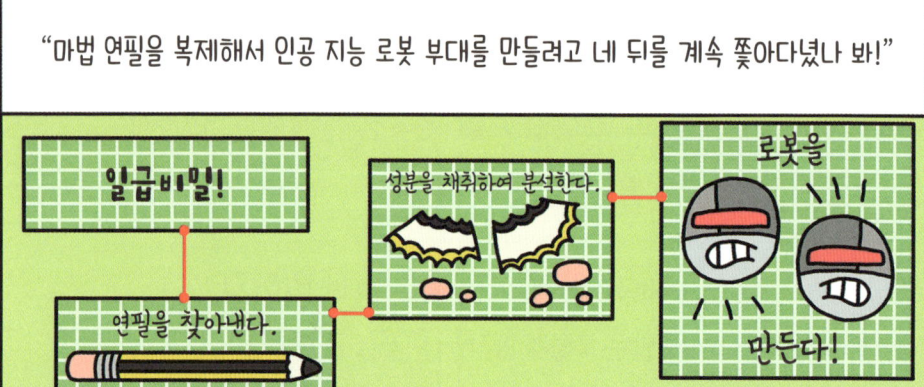

"마법 연필을 복제해서 인공 지능 로봇 부대를 만들려고 네 뒤를 계속 쫓아다녔나 봐!"

일급비밀!

성분을 채취하여 분석한다.

로봇을

연필을 찾아낸다.

만든다!

"그런데 마법 연필 성분을 분석하면서 문제가 생긴 거 같아.
그래서 그 박사가 괴물이 되어 버린 거고!"

"왜 자꾸 이런 일이 생기는 건지 모르겠어.
그 악당들, 내가 **만들어 낸 것** 같아." 눈물이 날 것만 같았어.

"잘 들어. 연구소에 몰래 들어가서 실험물을 찾아 **없애자.**
그리고 무사히 탈출해서 내일 **시험**을 잘 보는 게 내 계획이야." 모나가 말했어.

"지금 상황에 비하면 시험쯤이야 **껌이지.**"
말은 그렇게 했지만, 사실 조금 불안했어.

"보안 카메라를 해킹했고, 연구소 내부 지도도 찾았어!"
모나가 말했어.

"연구소에 가는 대신 그냥 보안 카메라로 지켜보면 안 될까?"
내가 기운 없이 말했어.

"<u>안 돼!</u>" 모나가 소리쳤지.

"왜 안 돼?"

"오스카가 연구소에 있어! 크레용 병정으로 변신한 채로!"

연구소

크레용 병정은 으스스한 건물 따위 전혀 무섭지 않아!

그런데 이 안으로 어떻게 들어가지?

마침 창문이 열려 있네! 크레용 병정은 어떤 경우에도 방법을 찾아내지!

아이코!

이제 악당을 찾으러 가 볼까?

두리번 두리번!

1분 만에 들키다니!

너 뭐야?

큰일 났어! 오스카가 엉덩지우개 박사에게 들키고 말았어!

어휴!

내가 이럴 줄 알았어! 출동할게!

부글부글!

잠깐, 너 슈퍼 드윕이랑 아는 사이야?

그, 그게….

완벽해! 이 녀석을 단단히 붙잡아 놨다가 슈퍼 드윕이 오면 마법 연필을 빼앗아야겠어! 일이 아주 잘 풀리는걸!

앗!

쨍그랑!

이 녀석! 그거 진짜 중요한 거라고!

얌전하게 안 있을 거면 둘 다 여기서 꼼짝도 하지 마!

잠김

삑삑!

삑!

내가 이래서 꼬맹이랑 동물을 싫어한다니까.

?

한편

말도 안 돼! 바텀 박사가 내 스파이 기술 자료를 싹 지워 버렸군.

게다가 문이란 문은 다 지워 버렸어!

빠져나갈 곳은 저 작은 환풍구뿐인데….

침착해, 레지나. 생각해 보자!

흠….

그리고

안녕? 난 오스카야.

우끼끼!

근데 이름이 콧물이야?

훌쩍.

어쩌면 우리 서로 도울 수 있을 거 같아!

우끼끼!

환풍구? 탈출하기 딱 좋은데?

52

이제 내가 할 일은 엄마, 아빠 몰래 집을 빠져나가는 거야.

똑똑!

"앤디?"
"헉! 네." 나는 깜짝 놀라 대답했지.

"엄마, 아빠는 모임에 가야 한단다.
에이미 이모가 돌봐 줄 거야. 오스카도 거기 같이 있지?"

"네, 네! 지금 아무 말 안 하기 게임하는 중이에요!"

이어폰에서 모나의 코웃음 소리가 들렸어.
"연기 실력이 _꽤 늘었는데!_"

"공부 다 하고 오스카 좀 재워 줘, 알았지?"

"걱정 말고 다녀오세요, 엄마!"
곧 현관문이 닫히는 소리가 들렸어.
"휴, 들키지 않아서 천만다행이야!"

혹시 모르니까 가짜 앤디와 오스카를 그려 놓자.
이 녀석들이 먹을 연필 한 상자도 놓고 가야겠어.

끄적끄적!

한편 S.S.C.R.A.M.에서는

저기로 나가자!

응? 여긴 어디지?

우아! 맛있는 게 많네!

잘됐다! 간식 좀 먹고 가자!

쩝쩝!

내가 제일 좋아하는 치즈 타르트도 있어.

우끼끼!

설마 우리

환상의 콤비?

연구소 앞

도착했어, 모나! 이제 뭘 하면 돼?

음, 오스카 때문에 경비원이 생겼어. 안으로 들어가려면 경비원의 시선을 딴 데로 돌려야 해!

"좋은 생각이 있어! **연구소**에 있는 사람들 모두 정신 팔릴 만한 걸 그려 주지!"
내가 말했어.

"**좋은 생각**이야! 주변을 정신없게 만들면
네가 몰래 돌아다녀도 눈치 못 챌 거야!"

어? 무슨 소리지?

후다닥!

철컥!

으악! 머리털 난 괴물 게들이다!

살려 줘!

경비원이 도망갔어.
안으로 들어갈게!

7. 우리는 한 팀!

레지나의 사무실

그래, 이제 내 조준 솜씨를 발휘할 때가 됐군.

척!

집중하고!

발사!

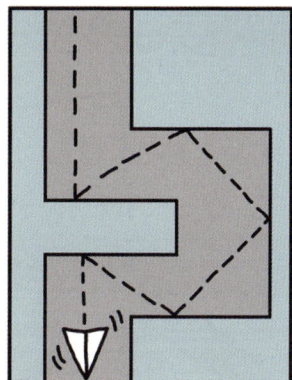

꺅!

괴물이다!

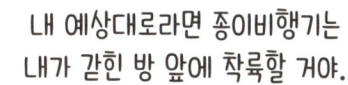

내 예상대로라면 종이비행기는 내가 갇힌 방 앞에 착륙할 거야.

두근두근!

또 무슨 일이야?

시끌벅적!

우선 오스카부터 찾고 실험물을 없앨게!

오스카를 찾으러 복도를 달리던 중
종이비행기 하나를 발견했어.

"어? 이게 뭐지?"

"시간 없으니까 빨리 가!"
모나가 소리쳤어.

나는 종이비행기를 펼쳐 봤어.
"편지잖아!"

나는 편지에 적힌 대로 벽에 문 하나를 그렸어.

이어폰 너머로 모나의 대답이 들렸어.
"엉덩지우개 박사를 막을 방법이 딱 한 가지 있긴 한데…"

그때 갑자기 모나와 연결이 끊어졌어.
"모나, 내 말 안 들려?"
내가 물었어.
곧 모나의 한숨 소리가 들려왔지.
"꼭 중요한 순간에 끊기더라."
"아, 미안해! 계속 말해."
내가 모나를 재촉했어.

"박사의 **엉덩이**를 지우는 거야."

"지우개를 지우라니! 진짜 좋은 생각인데?"

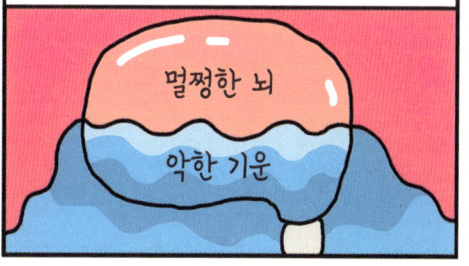

8. 본부로 돌아가다

"너희 덕분에 마법 연필 실험물을 무사히 파괴했어.
그리고 인공 지능 로봇 부대는 만들지 않을 거야!"
레지나 요원이 말했어.

"휴!"
난 그제야 한숨을 돌렸지.

"저희 제법이죠? 언젠가 S.S.C.R.A.M.에서 우리 도움이 필요할지도 몰라요."
모나의 말에 레지나 요원이 빙긋 웃었어.
"그렇게 될 것 같아. 그리고 마침 올여름에 신입 요원을 뽑을 계획이니까 참고해."

"또 보자!" 레지나 요원이 손을 흔들며 떠났어.

"휴, 너무 힘든 하루였어!"

내가 말했지.
"벌써 지치면 안 돼. 남은 시간엔 공부해야지!"
모나가 말했어.

"좋아! 우선 엄마, 아빠보다 먼저 집에 도착해야 하니까 빨리 가자."
"좋은 생각이야!"

앤디의 새 성적표

평균 점수 : 96점

담임 선생님 평가: 앤디의 성적이
매우 향상되었습니다.
제가 알던 앤디가 확실하네요. **잘했어요!**

이렇게 난 사건도 해결하고, 시험도 잘 봤어.

이제 **나는 더 이상 가짜 앤디에게 시험이나 숙제를 맡기지 않아.**

스스로 **열심히** 공부하지.

참, 또 하나 배운 게 있어.

평범한 어린이와 **슈퍼 히어로**의 역할을

둘 다 균형 있게 잘 해내기란 **쉽지 않다**는 것 말이야!

기린미디어

짜릿한 모험 , 우정 ,
즐거운 상상이 넘쳐 나는

요술 연필 페니

요술 연필 페니
1 놀라운 필통 속 세상

받아쓰기, 수학 계산도 잘하는
똑똑한 연필 페니와 필기구들의
놀라운 세상 속으로!

요술 연필 페니
2 성공적인 비밀 작전

교실에서 벌어지는 의문의 사건들.
이를 해결하러 나선 페니와
친구들의 짜릿한 모험!

요술 연필 페니
3 방송국의 수상한 그림자

우연히 TV에 출연했다 프로그램이
중단될 위기를 포착하고 문제
해결에 나선 페니!

요술 연필 페니
4 기상천외한 스포츠 축제

올림픽이 인간 세계에만 있다고?
지금 여기, 필기구들의 놀라운
스포츠 축제가 펼쳐진다.

요술 연필 페니
5 우주 비행의 꿈

우주 캠프 참가를 놓고 벌어진
치열한 경쟁! 페니는 과연
우주 탐험에 성공할 수 있을까?

요술 연필 페니
6 위기의 동물원을 구하라!

동물원 소풍에서 드러난
검은 매직펜의 음모!
필통 세계의 브레인, 페니의 계획은?

에일린 오헬리 글 | 니키 펠란 그림 | 공경희, 신혜경 옮김 | 각 권 13,000원